言弾

kotodama

岡部千草

砂子屋書房

＊目次

装本・小池隆夫（DIVE）

詩集　言弾 kotodama

水平線

水平線。それは
たどり得ない私のなぞ
悲しみの涯に
誰の船が訪れ得たか

磯は
海の青にひたり
飛沫は白くなぎさに

沖の風を呼ぶ

流れる雲が
翼の折れた追憶と
忘却の夢に
つらなっている

めぐり会うこともない
果てしないこの旅

雷《いかづち》

日々の頁が
忙しくめくられた
十月の真夏日

雲がとぶように流れ
風は梢を渡った
とどろく雷鳴
たたきつける激しい雨

昼からの
苛立ちが
いかづちとなって
五臓六腑をかけめぐるかのよう

雨音が遠のく

見上げた空には
二重の虹
歓声をあげる少女たち
何事もなかったかのように
青年が
自転車を乗りだす

私は
まだ暮れきらぬ空に
虹の残影を追いながら
苛立ちの傘を
たたもうとする

かくれんぼ

もういいかい
まあだあだよ
もういいかあい
まあだあだよお
母屋をかけぬけ
離れをすりぬけ

定めた居場所は
あおぎりのかげ

もういいかあああい
もおおいいよおおお

裏山が茜色に染まる
刈田を渡る風が止む
夕餉の煙がたなびく

「よっちゃんみいっけ」
「かこちゃんみいっけ」

足音が近づく

身をすぼめる
木肌が冷たい
動悸が胸うつ

ああ

目をつぶる
時が止まる

それから三十年また三十年
わたしは
時のてのひらに包まれたまま
ずっと
鬼を待っている

こぼれ松葉

こぼれ松葉の痛みを
素足が知った
見上げた樹々の先に
秋の空があった

松林を走り抜け
砂浜に寝ころがった
雲の姿が変わりゆくのを

ぼんやりと眺めた

「それは違う」と
拳を握って起き立ち
対峙するが
あの言葉は消えない
散らない
流れてもいかない

力を失った
見えない時間が
ゆるりゆるりと
冬へおりてゆく

ソメイヨシノ

空堀の桜並木は
雨に耐え
咲き満ちている
黒い幹は
ごつごつとして
巨樹の威厳を保っている

まだ若木だったころ

私は
傍の図書館で
生きることの憂いを語り
淡い恋心を募らせ
花に届けと
片隅で
トロイメライを弾いていた

寿命六十年と言われる
ソメイヨシノが
見てきたもの
聞いてきたこと

その声は聞こえない

人間のために植えられ
人間のために伐採される

私は
届けることばが
みつからない

たんぽぽのわた毛

線路沿いの畔道
すれ違う列車の
突然の風に
たんぽぽのわた毛が
舞いあがった

わた毛は

下り列車に乗って
百六十万袋の除染土が積まれた
フクシマへ向かう

上り列車に乗った
わた毛は
ウイルス蔓延る
東京へ

わた毛の笑らぎが
沈む太陽をゆすっている

まぼろし

早朝

常磐高速道路北上
帰還困難地域走行
自動二輪通行不可
空間線量率表示中

草丈高く伸び放題の田畑

息づかいのない家々
トラクターを乗せたままの軽トラ

深夜

常磐高速道路南下
帰還困難地域走行
自動二輪通行不可
空間線量率表示中

陽が昇って沈んでいった一日
窓の外は暗闇
明かりのない集落

「またの日はありや」と問う声に
答えはない

闇夜の中に
一面のひまわりの花
まぼろしを見た

宴

月待ちの夕暮れ
ひと風立って
白萩がゆれる
「たおやかなれ」

夕凪の
キツネでも隠れて居そうな
赤萩の叢

小さな丸い葉がゆれる

月が昇り
篝火が灯る
琵琶の音が
闇に溶けてゆく

十五夜の
《うしろの正面だあれ》

空蟬の

まだ暮れきらぬ夏のとばり
斜めに
夕焼けが射し込んでくる
蟬しぐれははげしく
大地に夏をしみこませている

黄ばんだアジサイの葉かげにひとつ
立ち葵の茎にひとつ

空き地のわくら葉にひとつ
明け方に見つけた三つの空蝉

限られた命
心がよじのぼる

稲妻が走る
雷鳴がとどろく
突然ふりだした雨が
滝となり
蝉しぐれを消し去った

朽ちかけた心の奥で
記憶のかたちが疼く

言《こと》弾《だま》

朝凪の海は鈍色
漕ぎ出した舟が
いくすじもの水尾を描き
水平線を
海鳥が舞う

途切れることなく
砂浜をわたる潮騒

言霊の
乾涸びた海草が
放置されている

「忘れてはならじ」
「忘れてはならじ」
言弾を小瓶に詰めて
大海に放り込む

時間

大寒に
霜柱の立つ音はなく
水たまりが凍らない

冬の陽ざしが
樹々の間をこぼれ落ち
クマは日向ぼこ
山が芽吹き

地中の虫も蠢く

たわわなピラカンサ
番のヒヨドリが
赤い実を啄ばむ
次々と花を開く紅椿

枯葉は朽ちぬまま地を這う
地球の時間

初日

マテバシイに
光が散りこぼれ
実を落としたあとも
葉は緑を溜めている
薄暗い樹下の凍土に
草の芽の気配はない

寒風を受け止めてきた

梅の古木の洞は深い
固くなった黒い樹皮を
光が滴り落ちる
細い枝先には無数の蕾が
「泰平」という花を潜めている

昨日と今日をつないで
たゆまず進んでゆく樹木は
歳月を顧みることもなく

私は
初日に掌をかざし
時の果てを見る

川沿いの村に

昨夜《よべ》よりの嵐の
越水は
牛蒡、長いも、大根を
五メートルにもなる水の底に沈め
田畑、道、家々は姿を消した

逃れた店先には
「そば粉あります」

と小さな貼紙

柿の実ひとつ
木守りとなって
夕日に立つ

あればある
なければない

さば煮のにおいが漂ってくる
かたばみの種が足元ではじける

ときうつり

今年また、花のとき
実母逝きて
義母逝きてなお
菜の花は踊り

今年また、草のとき
戦後を生き抜き
凍土から芽を出し

生い繁る

風が
「出ておいで」と誘う

私は二つの遺影の前にいる

あと何回
このときうつりに
身をおけるのだろう

窓辺の風知草が
射し込む夕陽を
揺すってみせた

林の中で

落ち葉の散り敷く細道をたどり
踏み入った林は
ひっそりと目を閉じ
静まっていた

落葉松の葉が
音もなく
散り散りに舞う

欅の枝先には
命をゆずられた
新芽が潜んでいる

私は
落日のその時まではと
新しい言葉を探している

辺りが茜色に染まる

突然の風に
足元の枯葉が
カサコソとささやき合いながら

身を寄せた

灰色に沈んでいく
楓の根元に
ほろほろとさまよい出た
夢の欠片を葬った

踊る

春の日は
樹の下につどい
桜の花びら
両手をひろげて掬う
夏がくれば
雲と波の起伏を遠景に
サーフボードの上
秋の終わりはひとり

薄れた陽ざしのなか
落葉とあそび
真冬は氷上で
白い息を吐きながら
スケーターワルツ

踊る
踊る
笑いをこぼし
ほの明るさを
胸に

渋谷のハロウイン
踊る男が

軽トラをひっくり返す
踊らされた女が
化粧を落とし
始電に乗る

わたしは　まだ
ラストダンスを踊らない

命

病と闘っている友と裏山をめざす
いつもの散歩道は田の畔
進むほどに雨後の野茨がにおう

山道口の案内板が朽ちかけている
地を踏む足裏に力が入る
ゆっくり頂きまでの道のりを
歩む

急な坂道
息があがる
風倒木に腰かける
木下闇の鳴子百合を
風が揺らし
木々の間から差し込む光が
踊っている

辿りついた天辺で見上げた空は
青く澄みわたっている
友はおのが身を
「病葉のごとし」と言い
その目に空の色は映らない

完治までの平坦ではない道を
淡々と歩みつづける友の
命の重みを知る

「がんばって」という言葉が
口元で凍る

朝凪に

開かれることのない三面鏡
化粧台のガラスの小瓶には
失われた時が
閉じ込められている

曇りガラスの窓に
朝露が滴る
湿った潮の香り

かん高い海鳥の声
ひまわりが目覚めた
初夏の光

記憶に抗いながら
生きる

聴診器

生まれたばかりの赤子に
聴診器があてられた
ピクッとして
泣き声が大きくなった

なりたてのお母さんにも
聴診器
鼓動は穏やかなリズムを刻んでいた

検診日で病院を訪れていた私にも
聴診器はやってきた
いったい私の何を診るというのだろう

季をうつろう花々の姿に誘われて
散歩に出かける朝のひととき
海の上で生まれては消えるさざなみを
飽かず眺める昼下がり
遠白き小さな雲の行方を追いながら
まじろぎもせずにいる
夕暮れ

紫立つ空の私の残照が

ゆったり
明日の方へ流れ始めると
あらがうように
来し方の歳月が寄せ返す

黙したまま放置された日々も
不意に新しいものに出会った日々も
私だけのこの道に続く

行く末の
旅の終わりは何処か
私にあてられた聴診器の向こうに
もう答えが届いている

頬笑み

風が梢をわたり
小鳥がさざめく
樹下には二輪草
山道は昔のまま

小さく真っ白な花の名を
声を揃えてくちずさみながら
二人並んで歩いた日は遠い

時の流れの果て
あなたの頰笑みは
命の灯と共に消え
私には
あれからの年月のこと
顧みるいとまも無しに今がある

煤けた感情に疲れた夜は
夢の中で
あなたを捜す

もう一度
もう一度でいいから

あなたの頬笑みに会いたい
その胸で思い切り泣いてみたい
赤子のように

あしたは母の日

文字

六月八日
かすみ草を持って突然訪ねた
執務室に居れば
威風堂々
病魔の影を制して
「じゃあ、またね。」
「うん、またね。」

六月十四日
里山を描いた絵葉書が届いた
ふるさとの緑樹鮮やか
一文字一文字に
言葉に
力があった
「ありがとう」「ありがとうございました」
「ありがとうございました」

七月十四日
西の空がやけに赤い
落日の異様な輝きに
信号の赤が重なる

携帯が鳴った

やりのこしたことへの無念さか
顔がゆがむほどの痛みからの解放か
知る由もない
三度の「ありがとう」が
声となって響いてくる

あの人は　夕映えの中に逝った

風花

「東京に例年より六日遅れの初雪」と
報じられた朝
筑前琵琶は
私の膝の上にあった

旧家の取り壊しの中
座敷の片隅に
ぽつねんと

危うく重機一振りで
粉塵と化すところだった

煤け
絃が捩れ
象牙の化粧が剝がれている
巻き手が割れ
柱は外れ
音にならない

惨めさと哀しさを
ひとつひとつ取り除いた

薄日が差し始めたころ

ひととおりの修復を経て
琵琶は
新たな音を響かせた

窓の外は
風花

私の中に
未知の旋律が
鳴り始めた

風の色

「風には色がある」
とあなたは言った

花のときは
花の風
真夏の浜辺は
空の風

私の目にも
稲田一面の穂を波立たせ
山の麓まで走って行った風
やがて
こな雪を舞い上げて

今あなたは言う

ＩＳ掃討作戦で壊滅した街は
がれきの山で
人影なく風も吹かず
重苦しい空気だけが
地面を覆うように漂っていると

ロヒンギャの村では
水や食糧を待って
子らが五時間も並び
颪は
飢えと恐怖だけを運んでくると

「颪に色なんてなかった」

あなたの目の色は
怒りと哀しみにあふれている

秘色

縹色の空に
暗黒の宇宙との境を想う
青藍を深々と湛えた海に
水平線を探す
パレットにのせる色がない

満開の薄墨桜に
吸い上げられた樹液

「桜の樹の下には・・・」
赤いチューブを
取り出す手が震える

五月の山に鳥の声ひびき
ヤマガラの巣作りが始まる
「まだ除染できてねえんだ」
パレットに押し出した緑

私は今
三十色の絵の具をつかい
山百合を描いている
真っ白な花びらを

扉

悲しみの沁み込んだ重い扉が
七年目に開いた

村びとの姿はない
ただ
かすかな喧騒が
空へもゆかず
地にも吸われず

そこはかとなく
漂っていた

私は
集落をとろとろと歩いた

川沿いの土手は
華やぎのあと
ソメイヨシノが
愛でる者なく散りつくし
柔らかな若葉が
風に揺れていた

やがて

何事もなかったかのように
陽が沈んでいった

記憶の映像は黙したまま
フクシマの扉は閉じ
闇に消えた

私は心を定めることができない

冬支度

季のあけくれのなか
静かに花を閉じる野菊
人を恋いて実の色を濃くする
ムラサキシキブ
木陰で咲き残る
ツルリンドウには
しずかな寒さが降りている

空は縹色
木立に光がふりこぼれ
朴の木が
大きなひと葉を落とす

私は自分の身から
「いい人」をふり落とす
おごれる心を問うことも
問われることもなく

ゆく先のいのちを紡ぐ
冬支度

山の友

ひととせの後の
風を得て
山裾のすすきの原が
静かに揺れる

小川の水は
真っ赤な紅葉を浮かべ
流れていく

光を遮る山の斜面には
間伐の杉が散らばり
岩場から絶え間なく
水が湧き出ている

ひとりの生が終わり
大銀杏は
黄に染まる

もっと話をすればよかった
もっと笑顔でいればよかった

山頂をめざす道の先から

声がする
「もうすこしだよ」

からくり時計

小さな家の煙突の
赤い塗料が
はげおちている
バネ板には緑青
木の球は時計の隅で
じっとしている

オルゴールは鳴らず

鳩は時を告げない

私は
失って久しい
指先の感触を
ひそかに呼びよせ
錆を落とす
油を差す
ねじを巻く

木の球が
飛ぶ
落ちる
ゆれる

ころがる
叩く

窓をあけて
ポッポウと
白い鳩が時を告げる

時がひとすじの光となって

ファの音が流れる

昭和のはじめ
木製の足踏みオルガンが
幼子の元に届いた

空襲警報の中
大きなオルガンを
防空壕へは
持っていけないと言われ

地団駄を踏んだ

ぎしぎしさせながら
足踏みをすれば
ふうふうと風を起こし
音を出した
オルガン

時に歌を誘い
時に涙を吸い
母の形見として
いま此処に在る

わたしは椅子に座り

両足で何度も板を踏み
人差し指で鍵盤を押す

低いファの音が
部屋を巡り
やがて
見果てぬ夢へと
夕靄のなかを
ゆっくり
流れていく

わたしは足踏みを続ける

夏至

睡蓮の
薄紅色の花が雨に打たれ
葉の上の水滴が
鈍色の光を集めている

雨が止み
明るむ気配に
閉じ込めていた青春が滲む

級友の　入水

今ふたたび
口元からこぼれ出た言葉の
不意打ちに戸惑い
言葉が帰って行く場所を
探しあぐねている

心の余白に
乾いた言葉が蹲る

落とした言葉はもう拾うまい

ウシガエルの低い声
ふくらんだ蕾
夕日が
滑り落ちていった

ゆうすげ

童画いろの黄昏は
時をため込み
暮れきらぬ空から
差し込む夕陽が
しがらみの影を
斜めに延ばす

山は静まり

鳥の声は聞こえず
月を待つ

山裾に群れ立つ
ゆうすげ
ひと夜かぎりの
花弁をひろげ
私の今日が黄に染まる

あとがき

詩に向かう時間は自分とのたたかいの時間です。否応なしに自分を見つめることになります。暗闇の中の徘徊です。そして、ぼんやり光が見えた時、家の前で止まる新聞配達のバイクの音で時間切れとなります。

幼い日に、母の三面鏡の前にすわったまま「あなたはだあれ」と、鏡の中の自分に問い続ける私がいました。そして、「学校に遅れるわよ」と呼ぶ母の声にはっとして我に返っていたのです。

そう、あの時からずっと、答えのないモヤモヤが心のどこかに潜んだまま、私は古希の坂を越えました。見つけてくれる鬼を待って「かくれんぼ」をしているような気持ちは今も変わりません。

平成二十七年、私は茨城詩壇研究会の一員になりました。資料として提出する毎回のまとまらない私の詩は、橋浦洋志先生のご指導を経て、不用な言葉が削ぎ落とされ、リズムを取り戻し、詩のかたちとなります。それは、まさに暗闇にひとすじの光が射し込まれる瞬間です。そうして、数十編の詩がうまれました。

令和の時代に入り、今の私は、家族、友人、仕事に恵まれ、朝が来るたびに明日の朝もきっと来ると信じてひと日を過ごしています。しかし振りかえれば、ある日突然に日常を奪われる事実も目の当たりにしてきました。十七歳の時に父が四十七歳で、私が海外出張中に母が七十三歳で、何の前触れもなくの突然死でした。その後の世の中、東日本大震災、豪雨被害、新型コロナウイルス感染拡大等々、非日常が襲ってきます。

「このままでいい」「このままがいい」と願っても、人の命には限りがあり、「死」はいつも隣合わせであることをあらためて感じ、このたびの詩集上梓を決心いたしました。タイトルは「言弾」。「ことだま」といえば「言霊」ですが、本書では「霊」ならず「言霊の幸ふ国」を願いつつもあえて「弾」としました。作品は同人詩誌「シーラカンス」と茨城詩壇研究会の研究会資料に掲載したものですが、まとめるにあたっては、橋浦洋志先生に多大なるお力添えをいただきました。また、装本の小池隆夫氏（ＤＩＶＥ）にはデザイン面で大変お世話になりました。

終わりになりましたが、出版の労をとってくださった砂子屋書房の田村雅之氏をはじめスタッフの皆様に深く感謝申し上げます。

令和四年三月二十六日

岡部千草

詩集　言弾　kotodama

二〇二二年四月一五日初版発行

著　者　岡部千草
茨城県水戸市見和三―五九七―二九（〒三一〇―〇九一一）

発行者　田村雅之
発行所　砂子屋書房
東京都千代田区内神田三―四―七（〒一〇一―〇〇四七）
電話〇三―三二五六―四七〇八　振替〇〇一三〇―二―九七六三一
URL http://www.sunagoya.com

組　版　はあどわあく
印　刷　長野印刷商工株式会社
製　本　渋谷文泉閣